世界黄昏《せかいこうこん》

久々湊盈子
歌集

砂子屋書房

＊目次

装本・倉本　修

歌集

世界黄昏《こうこん》

水木

雨かんむりに覆われし町にともりたる泰山木
の大き白はな

むかむかと収まり悪き胃をかかえ新幹線に浜名湖通過す

緩和ケアに眠れる姉に会いにゆく遠く水木が風にうねる日

来年という日はあらぬと聞かされて今宵いかなる夢を見おるか

命終近き姉を車に乗せて小さな旅に出る

水清き郡上《ぐじょう》に来たりひやひやと杉山より湧くひとすじの水

間伐の杉が散らばる傾《なだ》りより絶え間なく湧く
水の冷たさ

古今伝授の里を流るる水の音菖蒲《しょうぶ》の苗を洗い
つつゆく

深澱みかつは滾《たぎ》りて荘川の流れに入りゆく雪《ゆき》
消《げ》の水は

ここよりは北に流るる川の水さくら花びら浮
かべて急ぐ

前栽《せんざい》のエゴの開花を待ちいるも姉の死までの
限りある時間《とき》

姉を欠くのちの世思いみがたくて真白きエゴ
をふりあおぐなり

ひととせの後の風得てさやさやと音立てはじむ鉢の風草

みずからの生の終りを思うなく木はすんすんと天を恋うなり

夏つばき

三味線を弾きし手、マフラー編みくれし手を
握りては呼びかえしたり

死の水際《みぎわ》にわが名を呼びしかすかなる声音《こわね》忘れず空を吹く風

ひしひしと緑圧《お》しくる水無月の乾坤《けんこん》にいま姉を喪う

うぶすなの墓に在《いま》せるちちははに姉が逝きしといかでか告げん

姉の名に罫が引かれてこの年の俳句年鑑編まるるならん

いくたびか麻薬の淵より甦《かえ》りきて遺しゆきたる詩句の片ぺん

茶に濁るまなこにしずかにわれを見て絶対の孤に退《すさ》りゆきたり

夏つばき姉無きこの世の朝を咲き黙って落ち
ぬ昨日も今日も

すっくりと秋冥菊が咲きだして姉なき今年の
秋がはじまる

クレパスでなぐり書きしたような夕焼けの向こうにみんな行ってしまった

とりかえしつかぬことばかり雨の日の麻のジャケットたちまち撚《よ》れて

杞憂

辻のよろず屋コンビニにきて弁当と爪切り買いぬ旅人われは

圏央道また延びていて五年前仕様のナビは寡黙となりぬ

長き長き地球の時間の尖《さき》にいて「経験のない大雨」に遭う

往生際の悪き一匹ゴキブリハウスに毛のある
足を残して失せぬ

凍《し》み餅のようにあまたの罅《ひび》もてる列島にこん
なに原発がある

具沢山の夫の味噌汁しっかりと腹拵《ごしら》えしてデモに出かける

国会議事堂一回り小さく見ゆるなり反原発の幟《のぼり》の向こう

青面金剛、馬頭観音辻々に立てるわが町除染進まず

寝つかれぬ残暑の夜は薄べりに寝ころんで読む『沈黙の春』

列島はタツノオトシゴゆらゆらといま危うかる午後の引き潮

遠からずかならずかならず来るべし杞憂という故事が杞憂でなくなるその日

降りゆきし誰か残せる百合の香とエレベーターにて十階までゆく

喪中欠礼

えんまこおろぎ今年も忘れず鳴きに来てちち
よははよととりとめもなし

火盗改め打って出る頃ほろ酔いの夫のいびき
聞こえて　良夜

われに無き実家の記憶さんざしの円《つぶ》らなる実
に秋の雨降る

ちろちろと八方へ赤き舌を出し嘘つき花の曼
珠沙華咲く

不逞なる面構えにてイラン産の柘榴《ざくろ》が見する
この世の裂け目

抜きがたき不信のありて別れたる友の訃を聞く　秋はさみしい

水族館にきのう見て来し大鱏《えい》の両袖白きが夢にはたたく

嵯峨美智子に似ていると言われし顎の線弛《ゆる》む
ばかりに秋は長《た》けたり

また誰かくしゃみして下りの常磐線利根川越
えしころより冷ゆる

風はたしかに冬の鋭さ襟立てて喪中欠礼投函にゆく

雲紋

青褐色の雲紋を被《き》てこの年も榠樝《かりん》は武骨な実
を呉るるなり

被災地の友が送り来し辛辣な赤とうがらし軒
に吊りおく

生き残りて今日は伐らるる痩身の松が見にけ
む晴れの日褻《け》の日

近代の自我というやっかいなものを得て幸せ
となりしか否か女は

おちこちに火を焚くごとく紅葉づるはこの世
を忿《いか》る黄櫨《はぜ》、ナナカマド

嫌われていること百も承知にて背高アワダチ
ソウ野に跋扈《ばっこ》せり

ザクザクと棘を育てて幹太き実生のグレープ
フルーツ実らず

山茱萸

修理不能とそっけなく言われて返されれぬ姉の
手に二十年ありたる時計

葡萄色《えびいろ》の紬をもらうゆくりなくこの世で姉妹
でありし形見に
誇らしく晴着にぽっくり鳴らしゆきし産土神《うぶすながみ》
も疾《と》うに無きなり

混沌としたる心に沁みいりてドスの利《き》いたる
ピアフの巻き舌

マスクして時々くもる眼鏡越しに眺むるこの
世　山茱萸《さんしゅゆ》が咲く

猛烈な寒気団が来るという脅《おど》しモヘアのセーター に首入れて聞く

身ひとつの世過ぎに長《た》けてひよどりのあたり はばからぬ甲高き声

馬来田の里

涌きやまぬ清らの水を走らせて花ぐもりせり
馬来田《まくた》の野辺は

小流れに沿いて歩めば春鳥の声は雲間を洩れて降りくる

虎杖《いたどり》を噛めばいきなり少女期のわれに戻りて泣きたくなりぬ

歳月の重みに耐えて臥し曲がる椎の巨木に諸《もろ》手《て》を当つる

タイタンの嘆きもかくや武骨なる枝もてあましスダジイは老ゆ

この春が終れば別るる人があり雨後のさくらが色褪せて散る

目に見えぬセシウム被《かず》きて鮮らけし馬来田の土手に揺るる菜の花

十方に木々のみどりは満ち満ちてわが直情を宥《なだ》むるごとし

不熟なるおのれを愧《は》じてこの年は咲かず実らず庭の梅の木

梅雨前線北上速しふためきて鉢のダチュラが
ぐいと伸び立つ

楽しそうに風草揺らす風のあり入梅《ついり》三日目あ
さから晴れて

三味線の二の糸すこしあげて弾く姉が見ゆる
も半睡の目に

「博多夜船」酔えば歌いて囃されて危うかり
にき若さというは

西班牙《スペイン》十日

アムステルダムで乗り継ぎ、はじめてのスペインへ

ハブ空港の月明かりのもと滑《すべ》らかにKLM機
の全軀が浮かぶ

五時間の待ち時間。広い空港を一渡り眺めてからは

イベリコ豚の生ハムで飲む赤ワイン　トランジットも愉しき時間

アムステルダムからマドリードまでは一時間半

両隣の寝息のなかに寝そびれて高度一万メートルにひとり聴くジャズ

イケメンのスチュワードと目が合って
夜間飛行の温気《うんき》のなかに貰いたるオランダ製
のバニラのアイス

間接照明の穏やかな空間
存在のひとつひとつに影があるマドリードの
ホテルに夜更け着きたり

小柄なわたしには何もかもが大きい

貴婦人もまたがり使う陶製の白く大きなビデ
が口開く

いかにも美味しそうなのだが誰も手を出さない

アンダルシアの古城の庭に鈴なりの非時香菓《かくのこのみ》
は酸っぱく苦《にが》い

一月下旬というのにポカポカ陽気が続く

「春隣《はるとなり》」とは日本のよき言葉トレドのバルに
ワインを飲めば

動物愛護にて闘牛は行われない。ロンダの闘牛場は開店休業中

撫《な》で牛《うし》にあらねどそっと撫でてくる闘牛場の鋼
鉄の牛

セルビアもコルドバも清潔で美しい

世界遺産という縛りがあれば白壁に掛けたる
鉢をアゼリアあふる

日本はなんと便利な国なのか

町角のコンビニ、自動販売機なき国にきて水
を探せり

海外旅行用語集と首っ引き
「ノンガスの水を下さい」たどたどしき言葉
になんと水が買えたり

他人のことには関心がないらしい
パトカーが一台、二台、三台目でやっと目を
あぐロマの女性は

誰もマスクをしていない

まなこまで乾く気がして日本のサンテドウを
しばしば注しぬ

寒さ対策の衣類がかさばって

のしかかり閉めねばならずこのわれに大き過
ぎたる旅行鞄は

朝六時起床。急いで寝て、急いで起きる

一泊のみに通り過ぎゆく町々にひとの暮らし
の何を見よとか

薬はやたらに売ってくれない

漢方の牛黄《ごおう》、熊胆《くまのい》おこたりなく持ち来て十日
を水に当たらず

自由時間。だんだん平気になってスーパーにも行く

バレンシアのオレンジとチーズ、赤ワイン面白がってユーロを使う

モンセラートはバルセロナ近郊の山。九世紀に作られた修道院がある

信仰心なきアジアの女を見下せりモンセラートの使徒十二人

何といっても圧巻。まだまだ工事は続くという

モンセラートの巨岩に想を発せりと
聖家族教会《サグラダファミリア》という一大幻想

映画「最初の人間」を見てから読み出した

旅の十日に読み終らんと持ちて来しカミュの
『ペスト』開かず帰る

グレコの宗教画を東京で見る

トレドより東京に来て厳重な警護の中のグレコ観にゆく

みどり騒擾

日本の首夏をことほぎほととぎす朝けより啼く暮れてまた啼く

解禁の鮎が届きて四万十の水のにおいを懐かしむなり

黒南風《くろはえ》にくぬぎ、栗の木、馬刀葉椎《まてばしい》むせるがごとし　みどり騒擾《そうじょう》

夏ちかき朝のよろこび　たかだかと欅並木は
風に嚙み合う

すっぴんで乗り来しおみないちまいの化粧面《けしょうめん》
かけ降りてゆきたり

循環の一過程ゆえ恨むなと天がこぼせる不意の夕立

地上は梅雨のあめとなりしか傘しずく大江戸線の床を濡らせり

この色を好みし姉ももうおらず雨にけぶれる
樗《おうち》むらさき

匹如《するす》身《み》の猫を羨《とも》しと言いし姉するすみとなり
箱に納まる

誰も誰かのただひとりにて雨あとの空にいつ
もの夕《ゆう》星《つづ》が出る

国道を霊柩車とならびゆくことあり生きると
は日々死に向かうこと

夢の日向に伸子《しんし》張《ば》りする妣《はは》がいて「奏子《そうこ》が来たよ」と笑って言いぬ

腎ひとつわが子に分かち死にたりとそののちの子よ内なる腎よ

つつがなく消光《しょうこう》していますと書くときに早世の父母浮びて消ゆる

どの孫もわれに似ずかしこく丈高く性穏やかにて歌も作らず

下心《したごころ》、とは悪しき心にあらずして「恭」「慕」
をささえるこころ

時の速度

一景を正して天にそばだてるメタセコイアの
今年のみどり

朴が散り石楠花《しやくなげ》咲きて一郷に時の速度という
を見るなり

くさはらいちまい席巻したるひるがおの薄き
ももいろあなどりがたし

湿舌が舐めるごとくに北上し房州枇杷の熟れ
をうながす

ほととぎす去りたるのちの桑の木に紫黒の実
ありふくめば甘し

月にむらくも

まだ遠い、と思いいいるうち町空を一打して夏
ふけの雷がとどろく

飛ぶ鳥を見つつ思えりその腔に運ばれおらん
木の実くさの実

足元の水をめがけて水は落ちその一瞬を瀧と
呼ばるる

サーカスに久しく行かずかろがろと空を飛び
交う人体も見ず

夕六時歩みに出でてのぞきこむ町川にいつも
の鯉が寄りくる

くまもんを脱ぎて男が取り出しし弁当の真ん
中の大き梅干し

気散じにつけしテレビに寄り目して枝雀があ
くび指南している

心病む少年なるか公園のベンチに「殺《や》る」と
彫《え》りてゆきしは

パーティーの立花崩してもらいたり笑み疲れ
たる紅ばら黄ばら

マラソンはまだ五キロにて頬硬くラビットの
青年が先頭をゆく

むらさきの琉球朝顔が咲きだして父の忌のあ
と来る原爆忌

誰にもあるらん消したき記憶忘れたき一日
月にむらくもが出る

はしきやし雲居の月に焦がれつつ裳《も》裾《すそ》ぬらし
てわが待つものを

木枯し茶

亡きひとを思えとほろほろ遅咲きの白きさざんかこぼるるばかり

めくら縞《じま》にひっつめ髪の祖母なりきいくさ世
を凌《しの》ぎし明治のおんな

敗れたる戦《いくさ》にむしろ安堵してありにけむ男《お》の
子を産みし者たち

かたつむりのパックくらいでは間に合わぬ空っ風にひと日さらされし頬

木枯し茶の紬《つむぎ》が似合う齢となり元気でいれば老いもよきもの

西洋の梨のかたちに豊饒のいさらい並ぶ昼の
露天湯

天元へぱちりと一手ひとり碁の男の背なに霜
降るごとし

メタセコイアの場合時間はゆっくりと流れお
るらし雲をながめて

身のうちはつくづく虚《うろ》にて内視鏡うねうねど
こまでのぼりてゆくや

苦と楽と交互に来《く》べき人生のいまは楽にて朝
寝決めこむ

七人の敵

月かげに日かげに養う菜園のつまみ菜てのひらいっぱいに摘む

これの世に七人の敵あり身内にも潜む敵あり
ケーキ屋の前

束縛の基《もとい》ならむと腕時計、ケータイ持たずさ
くら見にゆく

「蜜」というおみな現われ堅物のウチの亭主の目尻を下げる

極道の妻という選択もあったっけただ一度なる見合い話に

寝過ごしし一週間を取り戻すごとく伸び立つ
芍薬の芽は

深夜をひとり働いていますと階下より氷吐き
出す音が聞こえる

祖母の手に朝夕揉まれて菩提樹の長き数珠あ
りその音なつかし

吸いしことなきマチュピチュの空気飲みしこ
となきヒマラヤの水思いて眠る

耳によき楽聴きながら高層のカフェに見下ろす沼を抱く町

桜終りし世は安らぎてひったりと手賀沼いちまい光を延ぶる

新涼のかぜ

反骨のひまわり一本そっぽ向き聞かぬふりに
聞く選挙速報

行く末を憂うる声は充ちながら与党が圧勝する国ニッポン

熱雷が頭上にありて英国のロイヤルベビーの画像を乱す

花の名も人の名もじわりと消えはじめお目こぼしなき老いがそこまで

脱原発のデモの見張りを職務とし金曜日はここにいる汗の若者

笑えばきっと可愛い誰かの息子にてジュラルミンの楯《たて》引き寄せて立つ

芸人ばかりがはしゃぐテレビを切りたればなんと静かな良夜であった

ひねこびた少女時代を思い出す干しいちじく
を奥歯に噛めば

犬性か猫性かと問われこのごろは迷わずカワ
ウソの性と答える

東チモールのコーヒー淹《い》れてわれを呼ぶ夫の
声にも秋の気配す

百日の約束過ぎてまだ紅きさするすべりに今日
新涼のかぜ

百物語

百物語ひと夜にひとつ読み終えてかつがつ酷
暑の夏を越えたり

みどりごの無垢のいさらい美作《みまさか》の白桃剝けば
罪のごとしも

超濃度の汚染水えんえんと垂れ流す国を祖国
と呼ばねばならず

こんなにも手荒に汚しし海と陸《くが》あらわに照らし月読《つくよみ》わたる

戦いに出でゆく息子を見ず終るひと生《よ》でありたし　湯に深沈む

われはわれの灯に帰るべく秋ちかきカザルスホール左右《さう》に別れつ

紋めやすそうなほそきうなじをさしのべて昼の電車に居眠るおみな

満壽屋《ますや》製の原稿用紙に万年筆秋くれば秋の歌
を書くべく

ぶらぶら節

ヴォー・グエン・ザップ百二歳で死にたれど
誰も語らずテレビも言わず

「一日一時間」と決めて歩けば隣駅も江戸川堤も至近の距離なり

人生の秋という陳腐な譬《たと》えさえ身にしみて見上ぐ梧桐の枯葉

黙《もだ》ふかきつぼみのいくつ葉がくれにつらつら
椿冬を待つなり

杜《と》牧《ぼく》の「山行」くちずさみつつ廻《もとお》れば霜葉の
苑のくれない深し

割《さ》くまではそれとは見せずかたくなな林檎が
いだく濃やかな蜜

今日まではまずまずの人生ほろ酔えば「ぶら
ぶら節」を歌うなどして

水底にひそかに睦む鯉魚《りぎょ》もいん冬を迎えし下総の沼

遠国《おんごく》に戦は絶えずアレッポの石鹸夜更けの湯に泡立てる

ごろんと大きこの石鹼を作りたる女《おみな》も居らん
アレッポの町

望むべくもなきことながら三十年いな十年まえの無傷の空を

櫔の実

リコーダーの不揃いの音たてながら下校の子らが過ぎてゆきたり

何に焦《じ》れていたるものかな目覚めれば右のこぶしをしかと握れる

槖吾《つわぶき》と漢字に書けば愚直なる一茎一花の黄の花揺らぐ

バス旅の目に鮮やかな黄櫨《はぜ》もみじ前期高齢者
となるわれを嘉《よみ》して

北軽井沢、松平修文さんの山荘にて

北軽の茂みに群れ咲くトリカブト毒あればこ
そかくも美し

またひとつ栃の実おちて北軽の林の秋を深く
するなり

猪口《いぐち》という茸のぬめりいまだ手に忘れず秋の
ちいさなる旅

ゆうぐれはゆっくり庭におりてきてもう誰も
来ぬ門を閉ざしつ

かぐろき闇

ドミノ倒しのように季節は駆けてきて今日こ
の丘に黄櫨《はぜ》の風聞く

言葉にすれば虚辞となるゆえ風呂敷に包み提《さ》げゆく新酒一本

遠きひとりに歌は書くべし西空を鉤《かぎ》のかたちに雁ゆくが見ゆ

王昭君と名札があれば寄りて見る秋日のなかの厚物の白

よき時節おおよそ過ぎて断念と失意の波が来るか来るべし

つるばみ色の秋の夕暮れアパートの窓に生活《たつき》の灯が入りゆく

ものを思うな書くな喋るなのっぺりとかぐろき闇が間近にせまる

「ドノ党ニ投票シマスカ」無差別の電話アンケートに答えられない

どの党ならば守ってくれるか屈託なくゲームに興ずる五人の孫を

一年最後の金曜は冷たい雨となり官邸前に揺れる雨傘

毛糸の帽子にマスクしてゆく雨のデモ静かな瞋《いか》りをあらわすために

居座りてひと日をすさぶ木枯しの声たけだけと裏戸をなぶる

深藍の東の空に目配せをしているような三日月が出る

年の瀬の朝のプールにひとりきて黙々とただ
黙々と一キロ泳ぐ

恐竜の骨のかたちの雲浮きて冬天《とうてん》寒し年あら
たまる

マーラーもドヴォルザークも遠くなり息子の
楽譜束にして捨つ

五臓に届く言葉に会えず一冊の歌集閉じたり
寒き正月

あるいは美学

「円熟は衰退を秘む」百ちかき清水房雄がい
みじくも言う

狭量とはあるいは美学かもしれぬ襟たてて風の中をゆくとき

蓖麻《ひま》あかく立ちいし畠も今日かぎり介護ホームの杭打ちはじまる

からだより心のほうが寒がって舌焼くような
鰭酒《ひれざけ》を飲む

栴檀《せんだん》はさらし首の木冬ざれの天に毒もつ円実《つぶらみ》
ひかる

また同じ映画借りきて見てしまうグレゴリー・ペックのまぶしげな眸《め》を

地に低くたんぽぽひらき待ちおれば誰にも均しく春は来るなり

蜂蜜のなかに一年寝かせたるカリンが風邪熱
の喉にはたらく

白日の公園にますぐに水あがり冷たき春を撒
き散らすなり

ひよどり閣下

露《つゆ》芝《しば》の長着は誰が持ちゆきしあわただしかる
姉の葬《はぶ》りに

口三つある癌の字に攫《と》られたる母あり姉あり
菩提寺遠し

どちらかが残る日のため植えまわす大名笹が
風に騒げる

昨日までの冬木にほつりと梅咲きてきさらぎ
十日わが誕生日

ぽと開きぽぽぽぽと咲きて白加賀の見ごろは三《さん》
分《ぶ》春くる気配

千両万両みな食いつくし食いたらぬひよどり
閣下のはばからぬ声

熱燗の二合ばかりが回りきて末広亭昼席にし
まし居眠る

噺家《はなしか》も色物もみな老い深み大寒の寄席は半分の入り

小高賢氏急逝

あの子がいいあの子が欲しと一人ずつ呼ばれゆきしが誰も戻らぬ

茱萸坂《ぐみざか》をのぼればひそと立ちている小高賢に
今日も会える気がする

世界黄昏

師・加藤克巳長逝

「誰にも均しく時の埃は降りつもる」師は逝
きわれはも少し老いたり

骸炭《コークス》を拾いしむかし構内に貨車ひとつ置き去りのままに錆びいき

はるかなるものを呼ぶこえ現代という虚妄のなかに聴きすますなり

石巻へかの大いなる喪失へ続くレールの上の
朝霜

鳥には鳥の明日が見えるか中空を声交わしつ
つ渡りゆくなり

「桜」によけいな意味などいらぬ列島を花前線が駆けのぼりゆく

鳴くことを奪われしかば犬の夜声、鶏の暁《あけ》告ぐ声も聞かれず

濃霧のなかをゆく心地せりあと一歩あと一歩
というこの崖っぷち

どのような成り行きにてもわたくしは兵士の
母と呼ばれたくない

民の目の届かぬところ麦畑に「特例」の黒穂
いつしか育つ

濁声《だみごえ》に大鴉は鳴けり唱和して二羽また三羽
世界黄昏《こうこん》

蚱蟬《なわせみ》

行きすがうひとの視線に振り向けばひがしの
空に虹が出ている

くちなしの花も終りて生垣はもう匂わない闇をいだけり

青春のわがジュリーさえ老いたりとテレビを消してさみしく嬉し

暑がりの人体となり誰もいぬ昼はくるくると
バンダナを巻く

雀子の頭《こうべ》のような殻をむき貴妃のライチをむ
ざむざと食ぶ

南シナ海を故郷とせる鱵《かいらぎ》の財布ようやく手に
馴染み来つ

ひとたびも天を仰がぬ蒼白のダチュラが庭の
闇を濃くせり

蚱《なわ》蟬《せみ》のひと生《よ》も一《ひと》世《よ》くぬぎ山揺るがすような蟬声のなか

蚱蟬——雌の蟬。鳴かない蟬

恕《ゆる》すことは赦されること境内に今年も生《あ》れて死ぬ蟬の数

片足をあげて恚《いか》れる蔵王権現も人知れず休む
ときを得るべし

風の足

ひと雨ごとにぐいぐいと伸ぶ刈萱《かるかや》を分け行く
風ありその風の足

荒水に揉まれ来しゴムまり堰《せき》落つる瞬間飛びぬ意志あるごとく

台風は逸《そ》れてゆきたり窓ガラスにテープのあとが間抜けて残る

不快指数は不機嫌指数当たらぬようさわらぬ
ように二人暮らせり

大声でもの言う人が正しいということもなく
国会終る

ためらわず言ってのければ大いなる虚辞もまことになるという嘘

平和憲法があった昔はよかったと懐かしむ日が来ませんように

こうしてはおられぬと胸せかれつつこうして
居るわれ衆愚のひとり

向こう側には

取り立てて記すことなき一日と日記を閉じて
気づく母の忌

わたくしがここで消えても気づかれぬ身の丈を越す葦分けてゆく

窓下に今宵の妻を争うは渡りの猫と向かい家のトラ

ギンガムチェックのカーテンかけて若き日に
短く住みたる四畳の一間

『青春の蹉《さ》跌《てつ》』ユースホステルの堅きベッド
に朝まで読みき

向こう側には何かがあると毛虫さえ身を捩《よ》じ
ながら行くではないか

騒だちやすき今日のこころに見てあれば「胸」
の中には凶の字がある

スルメイカのはらわた摑みだすときの感触い
つまでたっても慣れぬ

気流だのみの風船爆弾考案せし者をいまなら
嗤《わら》うけれども

いずこも無音

缶ビール一本買って乗る「のぞみ」曇りの今
日はあって無き富士

手離しの自転車にゆく少年がふとわれを見て
ふと転びたり

まだ緑《あお》き四照花《やまぼうし》五月の日にゆれていつでも今
日がいちばん若い日

韓国のフェリー沈没他事ならず操舵あやうき
宰相がいる

少年のまま死にしゆえ永遠に澄みたるまなこ
アルバムの兄

きりきりと髪結い上げて熟るること拒否する
ようなスケート少女

淡きあり濃きあり緑とりどりに草木かがやく
五月うるわし

足元を乱して藤のはな終り花虻も歓喜のときを終りぬ

まいった、と言いたるごとくはつなつの日差しに牡丹がくたりと崩る

こんなにも百花乱れているものを福島浜通り
いずこも無音

アンペアを落としエアコン弱にして原発再稼
働ささやかに「否《ノン》」

おのれ一人の

しぼ少し緩《ゆる》めてあすを待つ花の藍の涼しさ四
万六千日

夜烏のひと声ふた声そなえして嵐を待てる町を見下ろし

栗原貞子、竹山広　八月は人間の愚を知らしめる月

母郷と呼ぶべき長崎に久しく行かずして八月
九日猛暑　瞑目

ロザリオも数珠も持たねば炎熱の祈りはおの
れ一人の祈り

テニスに灼け自由研究に悩みいるわれの少女
に初潮いたりぬ

夏ふけの五臓六腑をいたわれとでんすけ西瓜
の暗緑が来る

同窓会が続く

初恋の少年ならず七十の男が手をふる故郷の
集い

誰かれの写メにおさまり小太りの初老の女わ
れ拡散す

いささかの酒にたわいなく泣くあいつ喧嘩相
手の横死《おうし》を聞きて

寄せる波は引く波にして容赦なくわが足元の
砂をえぐりぬ

海にゆくまえに塗りたるペディキュアの赤も
薄れぬ一夏《いちげ》の終り

罔象女

穂孕める稲田の匂いと気の早きアカネのとんぼ愉しみ歩く

早足に歩きながらに指を折る百人一首の「あ」の歌十七

花火大会中止と決まり二万発の失意と断念ゆきどころなし

凶器ともなる包丁五本内蔵しシステムキッチンあわき乳色

いちじつの夢をつむぎし底紅の槿花《きんか》掃きよす処暑ゆうまぐれ

江戸風鈴秋近き夜の軒下に所在なく蕉門の句
を垂らしおり

河骨《こうほね》の花も終りて葉裏より罔象女《みつはのめ》さざなみ立
つるばかりぞ

世にいでて何を見たしと夏ふけの運河にボラ
がいくども跳ねる

声のみの存在がよしヒグラシのかなたに鳴け
ばこなたにも鳴く

いつしかに聞こえずなりし蟬の声わが耳のみ
がまだ聞きたがる

独楽

檄も来ずましして艶《えん》書《しょ》も来ずなりてわが身ひとつに絢爛と秋

月こそは全き裸身と言いし人ありて今宵の蝕甚あかし

大島紬に錆朱《さびしゅ》の塩瀬を締めて来し「初恋短歌大会」老人ばかり

ガラス一枚の外は奈落の深さにて五十階に食む鴨の胸肉

野生の鴨の脂嚙みしめ容赦なき時の迅さに言葉なくおり

秋の夜のさみしさを言えば眼下に雨をはらみて雲流れゆく

永久《とわ》に不在となりたる人と聴いている秋冷の夜のビートルズナンバー

いっしんに回りおりしがそれと分かぬ凹《くぼ》にて
ことりと独楽は倒れぬ

「ここではないどこか」につねに誘われて出
歩きたがる猫と女は

台ふきんキュッキュと使い古稀となるまで三か月　寒気がせまる

ジョージ・ワシントン東京湾に居座るを点景として日常非常

六人に一人の子供が貧困というニュースのあとのきゃりーぱみゅぱみゅ

冬の時代

ぎんなんと呼ぶ翡翠色あらわれて遠山に初時
雨くる頃合いか

静電気ピリリと走り明日あたり冬が来るぞと
ドアノブが言う

上流は豪雨なるらし木や草や重たき水が目の
前を過ぐ

目に見えず降りいし雨が濡らしたる秘密保護法反対のビラ

黄《きい》ひといろの銀杏に風はからみおり冬の時代はそこに来ている

「待った」と言うて待ってもらえるものでな
し三日ののちに七十となる

にんげんは記憶のふくろ四苦《しく》六情《りくじょう》いっさいが
っさい入れて綴じおく

五尺に満たぬ背丈に漕ぎ来しひと生《よ》なり幸も
不幸も八分目にして

女のくせに、と言われつづけて少女期は楽し
く過ぎき老女期もまた

火に遭わず家も追われず今日までは幸せだったわが七十年

誰にもひとつの死が待つゆえに冬の陽は丸めた背に温《ぬく》いのかもしれぬ

「臓器をあげます」と誰のため言えるか寒晴
れの空に高圧線が唸れる

絹漉し

絹漉しの白々しさは嫌いにて豆腐は木綿むかしも今も

ムソルグスキーの音量あげて通過する笹子ト
ンネル向こうは雪だ

雁には雁のはからいがあり冬天の高みを鉤《かぎ》に
渡りゆく見ゆ

輪切りのミカン刺せば目ざとくおりてくる小心者のメジロのつがい

仕組みなどわからぬままに使うなりカーナビ、パソコン、スマホそのほか

結び目をいつ解《ほど》きしやこのわれを見て見ぬふりに紛れゆく友

酒の座に呼び捨てに取沙汰されいしと聞くわれの名のいたわしきかな

遺品の着物また贈られて裄《ゆき》丈《たけ》の合わぬ余所《よそ》ゆきばかりが増える

濁り川

どんな昔にも戻りたくなし濁り川ゆったり今
日を河口へ運ぶ

冬ざれの古利根川をたずきなく越えゆく鷺あ
りその足二本

スタップ細胞ES細胞かなしげなおとめひと
りを生み出ししのみ

眠りにも濃淡がありて会いたきひとを夢に呼び
つつとろとろ眠る

無異《ぶい》消光いたしおります去年今年いささか縮
みいささか肥えて

広辞苑五版ではまだ生きていたサダム・フセ
イン、ネルソン・マンデラ

玄界の灘より来たる寒鯖が炭火に落とすひと
生《よ》の脂

他人《ひと》の記憶に入りゆくような夕まぐれ路地に
醤油の焦げるにおいす

わかったふりして何もわかってなかったと今
ならわかる　晩冬のあめ

飢えの季節

水洗いして撒きておく昨夕《よべ》の飯《いい》飢えの季節の
小さきものへ

青き電飾夜通しともし幸せを見せびらかして
暮らす家あり

一紙半銭無駄にするなとおおははの声がきこ
ゆる墨磨りおれば

あやまたずこの町の運河を目ざし来し鴨の家族が寄りて眠れる

狂うにも遅すぎる齢　帯締めをきつく結びてひとと逢うなり

われのみの知る名をつけて目に飼える遠見の
梢にいつも来る鳥

制服の少女ら群れて日だまりに一人が笑えば
こぞりて笑う

三日ほど手の甲にあらわれ消えゆきし痣《あざ》あり
蝙蝠の飛ぶかたちして

上海

深々と虧《か》けたる部分を抱きつつ昇りくる月あれはわたくし

ちちははの在りし二十年亡きのちの五十年目のわが誕生日

納戸色、鐵《てつ》色、海松《みる》色　さびしげな着物ばかりを母は遺せり

内山完造と魯迅が文学を語りけん虹口《ホンキュー》界隈わが生まれし地

阿媽《あま》がいて七面鳥を飼う暮らし終りぬ幕が下りたるように

日本租界に敗戦を聞きふるさとの原爆を知り
たるときのわが親

乗船の間際黄河に投げ捨てし指環を長く叔母
は悔やみき

三日三晩船にゆられて帰りしは虚ろなふるさと被爆地長崎

ゲルベゾルテの空き箱いまも捨てられず入れおく貝殻、タイピンそのほか

暖衣飽食のおのれを深く愧《は》じながら小さなデモに声をそろえる

星月夜

北風に眼冷たく帰るみち冬の大三角がまたたく

地球は丸くあの星々は光年のかなたにあると
知らぬ亀たち

オリオンを左にたどりシリウスの意志ある白
を見て歩むなり

婚のため出でゆく息子に贈りたる星のマーク
の新約聖書

湯上りの匂うからだに見上ぐれば冬の星座は
勇者のかたち

亡びんとするこの星に惜しみなくやまぶきいろの月光が降る

未来がまだあるかのように春ちかき夜をまたたく昴《すばる》みすまる

雲霧仁左衛門も出でて眺むる星月夜とおくで
誰かハモニカを吹く

北風が吹きはらいたる大都市の空にオリオン
星座かたむく

希望という嘘くさい言葉なつかしく冬の星座
を目に結びたり

敵よりこわい

天気予報ぴたりと当たり夕六時しおしおと降りだす晩春のあめ

今日は誰にも会いたくないと思いつつ化粧し
ており眉を濃くして

おうお前生きていたのか庭草を走り出で来し
トカゲと見合う

性というやっかいなもの卒業しおみなは愉し
おのこはさみし

老いびとには忘却というわざがあり合歓《ねむ》は明
るくほけほけと咲く

無能な長《おさ》は敵よりこわい　春潮に打ち上げられしイルカ百頭

飴色になりたる小面《こおもて》の帯どめの笑みの不思議さ折りおりに撫ず

「羽衣チョーク」廃業となり無頼なる若き教
師を思い出したり

電動ハブラシ考案せしはいずこなるずぼら男
か　日々愛用す

人生の放課後たのし持ち時間図りつつ飲む酒
こそ旨し

赤なまこ軟体なれどコリコリとあなどりがた
くわれを拒めり

ミュシャの女

われを過ぎしさまざまな春いまさらに眺めて
重きアルバムを捨つ

長く動かぬ貨物列車をくぐりたる怖さわすれ
ず山陽本線三原駅

おのが死を思いわずらうことのなき雀がけさ
も来ているは良き

賓客をもてなすごとく手をひろげ水木は散形
花序をうねらす

ミュシャの女ふくよかなれどどの顔も幸せ薄
き笑みを浮かべる

腎を病み肌じめりつつ寝ておれば風にのり下
校のチャイム聞こえる

この身には重きあれこれ青嵐になぶられなが
ら街上をゆく

巨大こんとん

出しそびれひと日持ちあるく絵葉書のコスモス手提げの中にさゆらぐ

江戸川と中川と荒川を日々越えて入りゆく東
京　巨大こんとん

優先順位によりて夕刊には載らずわが町の老
人二人の焼死

見た目には元気なりしが内深く病みいしという　伐られた欅の話

六十代はしどろもどろに過ぎゆきてことし沙羅の木ついに咲かざる

今は亡き姉と歌いし「ケ・セラ・セラ」発音
が悪いと叱られながら

おずおずとのぼり来たりて知らぬ間に没《い》りゆ
くものを十六夜という

ここで死ねとホテルのパティオに放されて螢
は首都の夜をまたたく

緑陰におきたる文机に写経する晩年などは来
ぬかもしれぬ

利にむらがるものを貪欲に巻き込みて戦争と
いう颱風そだつ

きのこ弁当

今は昔の恋物語せよというおみなばかりの一夜の宿り

ここに百年立っていたのか太幹の欅となって
わが想いびと

病が艶《えん》を添えることあり歌びとの例えば『井泉』たとえば『遊行』

あやまたず死までを生きよひいらぎの冬葉が
朝日にひかひかと照る

ネックウォーマー鼻まであげてひそかごと知
られぬように歌を書くなり

わがさとは桔梗の裏紋　丈長の祖母の羽織に
伽羅《きやら》の香のこる

ぱさと落ちまたぱさと散るユリノキの枯葉を
踏んで今日は七千歩

知り人の誰おらぬ県が十ばかりありていつで
も逃げてはゆける

為政者の顔だんだんに弛《ゆる》びきて祖父似の垂れ
目国民を見ず

明日とは永久に来ぬものさりながら明日があるさと思いて眠る

青灰の羽うつくしきヒヨドリの強欲憎まず水溜めておく

右頬に富士の視線を感じつつ「のぞみ」に開
くきのこ弁当

男の論理

ほとほとと木槿《むくげ》はひと日の花すてて眠りゆく
らし晩夏の日暮れ

手に重きむらさきぶどう吉備津よりはやばや
今年の秋が届きぬ

戦争をしないための戦争をするという男の論
理ついにわからず

潮見坂、茱萸坂のぼりゆくほどに日本の夏の
熱気うずまく

エスカレーター乗り継ぎくだる日本の国会議
事堂前駅　深い穴

熟すればかならず腐る高価なる夕張メロンも
政治もしかり

濁声《だみごえ》の尾長がゆうべ移りゆく六間堀の柳の並
木

〈日本スゴイ〉と聞かされ育つ子供らの未来
にすごい日本あらず

先に死ぬ権利があると五歳年長の夫が言えり
うなずいておく

女だてらに

特集・秋の夜の酒のうた

くちびるに旧き記憶をよぶゆえにひそかに愛
す織部のぐい呑み

ワインは赤、焼酎は芋、日本酒は亭主仕込み
で辛口の冷や

思い出す土佐の高知のいごっそう斗《と》酒《しゅ》なお辞
せずと高笑いせる

馬車道のジャズバーに聴く「サマータイム」
バーボン二杯でほろりと酔うて

樋口覚の教えくれたるゴードンのジンは今で
も氷温で飲む

美しい窪地という名の「ラフロイグ」喉《のんど》で味わうピートの香り

残暑の午後に届く極上の「吉乃川」きんと冷やしてギヤマンに盛る

かつがつに溽暑《じよくしよ》を越えぬ高千穂の「天孫降臨」飲みおわるころ

国会前に声はりあげて来し夜は女だてらにロックで「残波」

人生も天地も秋となりし宵　焼酎「魔王」は
湯に割って飲む

さざんか

さざんかは身知らずの花ときながく咲きては
こぼれ人恋うる花

迷いなき生などあらず銀白のパンパスグラス
が掃く冬の空

大器ならねば晩成もせず鮒を釣る男のかたえ
に水を見ている

寒気のなかに喙《はし》咬みあえる丹頂のテレビを消して長き夜の黙《もだ》

風しまく夜をかえりきてひきしぼるごといちにんの死を悼むなり

宝尽くしの江戸小紋着て正月の町をゆけども
めでたくもなし

地下鉄は地表に出ても地下鉄にて雨に濡れた
り二月の雨に

猫だまし

男子畢生《ひっせい》危機一髪ナリ　街路樹の落葉蹴立て
て来る風小僧

さみしくて来たるにあらね冬苑の古河庭園に
バラ返り咲く

分別して捨てよというから薄眉の女雛の首を
抜きて捨てたり

猫だましという手があったと気がつきし横綱
誰から褒められもせず

「もっときたなく死んでください」エキストラの友が三回斬られし映画

村山某のごとくに眉毛下がり来し夫が居眠る日溜まりの椅子

永青文庫春画展

そしらぬ顔して列の後ろに並びたり初公開の男女交合図

今も昔もひとつ行為をもととして男あり女あり愛あり憎あり

密会の次第を述べよと詰め寄りて天に愧《は》じなき者だけが言え

初霜

ひとけなき冬の動物園が好きという男がわが
生《よ》に五年居りたり

のそりのそり白熊歩きリャマ、ラクダじっと
動かず獣園の冬

同じ枝に今日も止まりてヒヨドリが見ている
南天の実の熟れ具合

北風の町から帰りて目を洗う今日見しものを
洗うがごとく

枯葉剤という暴力に屈したる泡立ち草の原に
初霜

歌会より放課後目当てにやってくる不埒《ふらち》な男らありて愉しも

往きに見て復《かえ》りにもまだ落ちているアルミ硬貨を雨中に拾う

あと一歩を踏み込まぬよう心得て女の多き集団を統《す》ぶ

家族という最小単位だいじにて建売住宅の窓の小ささ

われにある五人の孫の十年後、二十年後も空
は青いか

深くしずかに浸蝕されゆくいのちかな放射線
量いつしか言わず

水没地域

北風が吹きはらいたる遠空に筑波の二峰くき
やかに見ゆ

息をのんで番狂わせを待っている天皇賞もおそらくテロも

たんたらたらたんたらたらたら啄木を悲しませたる雨の音する

かぐわしき季節は過ぎて蠟梅も雨に朽ちたり
憲法動くか

欺瞞的語と成り果てし「粛粛」が渡河《とか》の昔を
恋うや冬の夜

ひさびさに宿酔《もちこし》の朝　子を喰らうゴヤの暗き
絵まぶたを去らず

老いは老いに女は女にきびしくて二月の風が
耳につめたい

ハザードマップに水没地域と記されしこの界隈に住むほかあらず

刈田の畔のウォーキングは声出して「ういろう売り」の口上五分

スキップして春は来るらし山茱萸《さんしゅゆ》がぱちぱち
咲いてる苑の日溜まり

そのひとを育てし家の傲慢を国会中継見つつ
思えり

美しさゆえにこのまま幽《かく》れんと思いさだめし
女優も死せり

総活躍の一億人の一人にて今日は勇躍バーゲ
ンへ行く

人気の五郎丸選手

自来也《じらいや》のように指組み一心を研ぐ漢《おとこ》あり万の
視線あつめて

右折せよ右折せよと指図してこのごろ日本の
ナビはうるさい

早春の風のするどさ重心を低くしてゆく金曜
のデモ

あらあらと黒土返す春の田に夕べすなどる一《いっ》
穂《すい》の鷺

百花焚刑

もう誰も言わなくなりしセシウムをひそかに
溜めて青きバラ咲く

越前岬の水仙を見にゆく約束も忘れてこころ
病む友のある

まつろわぬこころはこれぞ方丈にけうとく白
き侘助のはな

水戸線の無人の駅に咲きて散る紅梅のあり
あれから五年

身をもみて恋せし昔もありたりと八重の椿が
花捨てており

春深む墓苑に今年も会いにくる百花焚《ふん》刑《けい》のご
とき椿に

生は死をはらみておれど満身に紅を鎧《よろ》いて椿
ひともと

人を淩《さら》いてゆく花なるかしらじらと桜が咲いて散るまで十日

あたらしき悲しみも旧きよろこびも容れて今年のさくら咲き満つ

かわひらこ

おばんざいにあとひとつまみ塩を足す歌とは
そうして整えるもの

簡にして明なることば「寛容」の二文字むずかし古稀すぎてなお

常備菜いくつも作りＣＴの結果を聞きに夫出かけゆく

庭に拾いし椿の堅き実をふたつ手に聞く夫の
検診結果

「全身麻酔はあとが応える」ひと月で十年老
いたる友がつぶやく

壽のふくろ葬のふくろも経しならん福沢諭吉
いたく手擦れて

「泣いている場合じゃない」と奮起せし河野
裕子も彼の岸のひと

憂国論聞かされながら水碗に逃げまどう白魚
箸に押さえる

かわひらこキャベツ畑のかわひらこ煌《きら》めきな
がら疎まれながら

いそいそと出でゆく夫を見送りてわれもいそいそ三日の独居

「空あります」コインパークに幟《のぼり》立ちこの大空を切って売るらし

地震《ない》ありし肥後には降るなわが庭の海芋《カラー》を腐《くた》す今日のさみだれ

くさぐさの緑に山は膨らみてわたくしごとの憂いを嗤《わら》う

一日に百首の添削、十枚の礼状、二通の詫状
を書く

生きいそぐわれかと思うはやばやと麻の襦袢
に襟かけながら

先島《さきしま》は梅雨が明けたという便りみんなみ恋し
わたつみ恋し

そらいろあさがお

紀香のグラビアいちばん上に縛り上げ廃品回収の車待つなり

昧爽《まいそう》の蟬声ほど良きものはなし夏風邪癒えて
旅に出る朝

野のなかの忘れ水ひとつ迷い子のような浮雲
映して遊ぶ

向かい家の木通《あけび》が口を開くころむすっとわが
家の郁子《むべ》が色づく

ペポかぼちゃソーメンかぼちゃ創造の神の遊
びごころが実る

曇のなかに組みあがる船　風受くることなき
白き帆が張られゆく

極楽の余り風吹き水打ちし庭をゆらりと揚羽
がよぎる

出棺を待つ間に採りぬ「天上の青」という名
の朝顔の種子

夏がゆき秋深むまで咲くというそらいろあさ
がお遺しし友よ

友が育てしヘブンリーブルー朝ごとに百花開きて空を仰げる

あとがき

前集『風羅集』以後、二〇一二年から、二〇一六年まで約五年間の作品から五〇〇首ほどを自選してほぼ制作順に収めた。わたしの第九歌集になる。これまでの歌集よりも歌数が少し多くなったが、これは多分に七十歳という人生の大きな節目を挟んだ時期であったからだろうと思う。六十代まではまだどことなく高をくくっていた感があったのだが、さすがに七十歳となってみると、そんなに暢気にしてはいられないという気がして、作品を割愛することにためらいが生じたのである。

ことにこの間に、わたしは早世した両親の代わりとして未婚の頃から頼みにしてきた姉を喪った。子供のいない姉であったから、病気がわかってから亡くなるまで、また葬儀にまつわる煩雑な手続きから後の住まいの片付けなどに、仕事のあいまをぬって名古屋まで足しげく通った。姉は若い頃から俳句に親しみ、小川双々子の「地表」創刊からの同人であった。わたしはこの姉の影響で短歌を始めたとも言えるのだ。今回、歌集を編むにあたって自分の作品を読み返しながら、ひしひしとその喪失感の大きさを突きつけられる思いがした。

わたしは八人きょうだいの六番目であるが、そのうち、四人までも幼くして亡くなっている。双生児だった姉の名は「奏子」といったが、三歳で亡くなったほうの姉は「節子」。つまり「節奏」である。リズムのことだが、もうひとつ「詩の韻律」という意味もあるらしい。父母がどんな思いでそう名付けたのか聞いておかなかったのが残念だが、姉はたしかに音感がよく、言葉に対する感覚もすぐれた人だった。没後一年目に『うつつ丸』という遺句集を編むことができたので、晩年の姉の思いを少しは遺すことができたかもしれない、と思っている。

さきの大戦末期に上海で生をうけたわたしは、一歳になったばかりで両親の故郷である長崎に引揚げた。そのことの意味を深く考えたこともなかったが、六年前の東日本大震災による被害、さらには福島第一原発の事故による一斉避難のニュースなどを見ているうち、身の回りのものだけを持ち、慣れ親しんだ土地を急遽追われるという事態に想像が及んで、あらためて愕然としたのであった。そう思えば子供を次々に亡くした両親は、幼い三人の娘と父の母親を連れて引揚げ船に乗ったとき、まだ三十代の半ばであったのだ。過剰なまでにものが溢れ、果てもなく利便性を追求するばかりの現代に生きる若者に、そんな場面の想像が出来ようか。戦争とは国と国の威勢のいい争いだけを言うのではない。末端の民衆のひとりひとりにまで傷みや悲しみを強要することだろう。そうなってしまってから慌てふためいても遅いのだ。

集名とした『世界黄昏』は

濁声に大鴉は鳴けり唱和して二羽また三羽　世界黄昏

という一首からとった。いま、この国はどこへ行こうとしているのか。五年後、十年後の世の中はどうなっているのか。自らの人生の始めと終わりに戦争があった、などという悪い冗談のような事態にだけはなってほしくないと思う。

歌集のあとがきにこんなことを記す日が来るとは思ってもみなかったが、たそがれはじめた空の向こうに、また明るい明日が来ますように、そんな思いで本集を世に送り出したいと思っている。

二〇一七年六月一九日

久々湊盈子

歌集　世《せ》界《かい》黄《こう》昏《こん》

二〇一七年八月一〇日初版発行

著　者　久々湊盈子
千葉県松戸市西馬橋広手町一二八（〒二七一―〇〇四八）

発行者　田村雅之

発行所　砂子屋書房
東京都千代田区内神田三―四―七（〒一〇一―〇〇四七）
電話　〇三―三二五六―四七〇八　振替　〇〇一三〇―二―九七六三一
URL http://www.sunagoya.com

組　版　はあどわあく

印　刷　長野印刷商工株式会社

製　本　渋谷文泉閣